AMY'S DIARY

I'M NOT CHINESE

wǒ bú shì zhōng guó rén
我不是中国人

This book belongs to:

____

For my spicy Yoona and all the colorful souls
in the world. You don't have to choose one identity.
You can have one or multiple, and it's
such a beautiful thing.

As a token of gratitude, I've prepared a special gift for our little ones. Enjoy cute coloring pages with self-love affirmations, designed especially for little girls of Asian heritage.

Download your printable file here:

UpflyBooks.com/free

Paperback ISBN: 978-1-998277-13-1
Hardback ISBN: 978-1-998277-42-1

Table of Contents

Chinese School

zhōngwén xué xiào

中文学校

My name is Amy. I'm 7 years old, and I live in Canada.

wǒ jiào ài mǐ jīn nián qī suì le zhù zài jiānádà

我叫艾米，今年七岁了，住在加拿大。

Today is Saturday, which means I have to go to Chinese school.

jīntiān shì xīng qī liù wǒ dé qù zhōngwén xuéxiào
今天是星期六，我得去中文学校。

Ugh. Chinese school is like a zillion hours of Chinese stuff. I'd much rather be doing all the other things 'normal' Canadian kids do.

āiyā zhōngwén xuéxiào lǐ de zhōngwén kèchéng tài duō lā wǒ zhēnxiǎng xiàng
哎呀，中文学校里的中文课程太多啦。我真想像
yígè zhèngcháng jiānádà háizi nàyàng qù wán
一个"正常"加拿大孩子那样去玩。

My mom says I'm a normal Canadian kid too, but I don't think so because normal Canadian kids don't study Chinese.

māmā shuō wǒ yěshì yígè zhèngchángde jiānádà háizi dàn wǒ juéde wǒ
妈妈说我也是一个正常的加拿大孩子，但我觉得我
búshì yīnwéi zhèngcháng jiānádà háizi bù xué zhōngwén
不是，因为正常加拿大孩子不学中文。

Mom is rushing me to get ready, like she does every Saturday.

māmā xiàng měi gè zhōu liù yí yàng cuī wǒ
妈妈像每个周六一样催我。

"Amy, it's almost time for Chinese school! Hurry up! Get ready and come eat!"

àimǐ gāi qù zhōngwén xué xiào le kuài diǎn kuài lái chī fàn
“艾米，该去中文学校了！快点！快来吃饭！”

I think about pretending I can't hear her, but then she'll definitely come up and scold me. So I shout back, "I'm changing!"

wǒ yě xiǎng guò jiǎzhuāng tīng bújiàn dàn tā kěndìng huì láishuō wǒ de
我也想过假装听不见，但她肯定会来说我的。
suǒyǐ wǒ chōng tā hǎn wǒ zài huàn yīfu nà
所以我冲她喊，“我在换衣服呐！”

As soon as I sit down at the table, I try pretending I'm super tired.

gāng zuò xià wǒ jiù zhuāng zuò chāo jí lèi de yàng zǐ
刚坐下，我就装作超级累的样子。

"Mom, can't I just skip Chinese school today? I don't feel good," I try to sound pitiful.

māmā wǒ jīntiān néng bù qù zhōngwén xuéxiào ma wǒ bù shūfu
“妈妈，我今天能不去中文学校吗？我不舒服。”

wǒ jìnliàng ràng zìjǐ tīng qǐlái hěn tòngkǔ
我尽量让自己听起来很痛苦。

"No, you can't. I've told you a thousand times: this is non-negotiable."

bù xíng gēn nǐ shuō yī qiān biàn le méi dé shāngliáng
“不行。跟你说一千遍了。没得商量。”

"But whyyy?"

wèi shén me ā
“为什么啊？”

"Because you're Chinese, that's why."

yīn wéi nǐ shì zhōngguórén jiù shì zhè ge yuán yīn
“因为你是中国人，就是这个原因。”

"Nuh-uh, I'm Canadian! Seriously!"

bù bù wǒ shì jiā ná dà rén zhēnde
“不不，我是加拿大人！真的！”

"Amy, raising your voice won't change anything. Now, eat quickly and get ready for school.

àimǐ dà sǎngmén yě méi yòng kuài chī wán rán hòu qù xué xiào
“艾米，大嗓门也没用。快吃完然后去学校。

If you keep acting up, no screen time after school today." She gives me her signature stare.

rúguǒ nǐ zài yǎnxì jīn tiān fàngxué hòu jiù bùzhǔn kàn diànshì le
如果你再演戏，今天放学后就不准看电视了。”

tā xiàngwǎngcháng yí yàng dèng le wǒ yī yǎn
她像往常一样瞪了我一眼。

Ah, the TV trap. Well played, Mom.

yòu ná kàn diàn shì wēi xié wǒ māmā nǐ zhēn dǒng wǒ
又拿看电视威胁我。妈妈，你真懂我。

She always uses the TV to threaten me. I really don't want to go, but losing screen time is even worse, so I'd better stop complaining.

tā zǒngshì yòng kàn diànshì wēixié wǒ wǒ zhēn bùxiǎng qù xuéxiào dànshì
她总是用看电视威胁我。我真不想去学校，但是

bù kàn diàn shì gèng zāo gāo nà wǒ hái shì qù ba
不看电视更糟糕，那我还是去吧。

On the way to Chinese school, I unleash a mini-rant on Dad in the car.

zài qù zhōng wén xuéxiào de lù shang wǒ chōng bà ba xiǎo xiǎo yāo he le jǐ jù
在去中文学校的路上，我冲爸爸小小吆喝了几句。

"Dad, why is Chinese school so important? Can't I just stay home?"

bà ba wèi shén me zhōng wén xué xiào nà me zhòng yào ā wǒ néng bù qù ma
“爸爸，为什么中文学校那么重要啊？我能不去吗？”

"It's about roots, kiddo. You're Chinese, so you should speak the language," Dad says.

xiǎo jiā huo zhè shì chuán chéng nǐ shì zhōng guó rén suǒ yǐ dé huì shuō zhōng wén bàba shuō
“小家伙，这是传承。你是中国人，所以得会说中文。”爸爸说。

"But I'm all Canadian, I swear!" Honestly, I feel zero percent Chinese. Just because my family is Chinese doesn't mean I am, right?

wǒ fāshì wǒ shì dì dì dào dào de jiā ná dà rén zhēn shì de wǒ yì diǎn er yě méi jué de zì jǐ shì zhōng guó rén wǒ de jiā rén shì zhōng guó rén bìng bù dài biǎo wǒ yě shì duì ba
“我发誓，我是地地道道的加拿大人！”真是的，我一点儿也没觉得自己是中国人。我的家人是中国人，并不代表我也是，对吧？

Dad glances at me through the rearview mirror.

bàba cónghòu shì jìng lǐ kàn zhe wǒ

爸爸从后视镜里看着我。

"Amy, you're both Canadian and Chinese. And like Mom said, this isn't up for debate. Sometimes you gotta do what you gotta do."

àimǐ nǐ jìshì jiānádà rén yòushì zhōngguórén māmā shuō guò
"艾米，你既是加拿大人又是中国人。妈妈说过，
zhè méi shénme hǎo zhēnglùn de yǒu xiē shìqíng bìxū zuò
这没什么好争论的。有些事情必须做。"

I knew Dad would say that; he always says that. I give up arguing and stare out the window until we arrive at school.

wǒ jiù zhīdào bàba huì zhèyàng shuō tā zǒngshì zhèyàng shuō wǒ búzài
我就知道爸爸会这样说。他总是这样说。我不再
zhēnglùn le ránhòu wǒ dīng zhe chēchuāng wài kàn zhídào xuéxiào
争论了，然后我盯着车窗外看，直到学校。

When we arrive, I see many kids are already there.

dào dá hòu wǒ kàn dào hěn duō háizi yǐ jīng lái le
到达后，我看到很多孩子已经来了。

"Hey, Amy, did you study?" my friend Mark appears at my side and nudges my shoulder.

hēi àimǐ nǐ fùxí le ma wǒ de péngyǒu mǎkè
"嗨，艾米，你复习了吗？"我的朋友，马克，
zǒu dào wǒ shēnbiān pèng le pèng wǒ de jiānbǎng
走到我身边碰了碰我的肩膀。

"No, why? Oh right! We have a quiz today. I totally forgot!"

méi yǒu ā zěn me le ō xiǎng qǐ lái le jīn tiān yào cè shì

“没有啊，怎么了？噢，想起来了！今天要测试。

wǒ gěi wàng le

我给忘了！”

"Good luck!" Mark smirks as he walks off.

zhù nǐ hǎo yùn ba mǎkè dé yì dì xiào zhe zǒu kāi le

“祝你好运吧！”马克得意地笑着走开了。

As I take my seat in the classroom, I pray that Ms. Li will forget. "Please let her forget... please, please, please!"

dāng wǒ zuò zàijiào shì hòu wǒ qídǎo lǐ lǎoshī wàng shī yì
当我坐在教室后，我祈祷李老师忘失忆。

qiú qiú le ràng tā shī yì ba
"求求了，让她失忆吧..."

But then she says, "Today, we're taking an oral quiz on the vocabulary we learned last time. You all studied, right?"

dànshì tā kāikǒu shuōhuà le jīntiān wǒmen yào duì shàngcì xuéxí de
但是她开口说话了，"今天我们要对上次学习的

cíhuì jìnxíng kǒuyǔ cèshì nǐmen dōu fùxí guò le ba
词汇进行口语测试。你们都复习过了吧？"

Oh. My. Gosh. She remembered!

tiān ā tā hái jì de
天啊。她还记得！

I figure if I just keep out of sight, I'll be okay. So, I cover my face with a book to avoid attention.

wǒ juéde zhǐyào wǒ bié bèi tā kàndào jiù méishì le suǒyǐ
我觉得只要我别被她看到就没事了。所以，

wǒ bǎtóu mái jìn shū lǐ nǔlì duǒbì
我把头埋进书里，努力躲避。

"Amy, do you want to answer the first question?" Ms. Li asks.

àimǐ nǐ lái huí dá dì yī gè wèn tí ba lǐ lǎoshī wèn dào

“艾米，你来回答第一个问题吧？”李老师问到。

Just my luck!

zhēn bù zǒu yùn

真不走运！

My face turns red. "I ... I don't really know..."

wǒ de liǎn dōu hóng le wǒ bú huì

我的脸都红了。“我...不会...”

Ms. Li replies calmly but firmly, "Please study for the next class, okay? I'll ask you again next week. Okay, let's have Ellie try first."

lǐ lǎoshī píngjìng ér jiāndìng dì shuō xià jié kè yào fùxí hǎo ma
李老师平静而坚定地说，“下节课要复习，好吗？
xiàzhōu wǒ zài tíwèn nǐ nà jiù xiānràng ài lì shì shì ba
下周我再提问你。那就先让爱莉试试吧。”

As if I'm not embarrassed enough, I hear Mark and a few others giggling behind me.

gān gà hái méi jié shù wǒ tīng dào mǎkè hé qí tā jǐ gè rén tōu tōu xiào wǒ
尴尬还没结束，我听到马克和其他几个人偷偷笑我。

The Deal

jiāo yì
交易

On the drive home, my friends' laughter echoes in my head—unforgivable!

zài wǒ huí jiā de lù shang péngyǒu men de xiào shēng yì zhí zài wǒ ěr biān huí xiǎng yǒng shēng nán wàng
在我回家的路上，朋友们的笑声一直在我耳边回响 - 永生难忘！

They have no idea how smart I am. I can do five-hundred-piece puzzles and even solve multiplication and division problems!

tā men gēn běn bù zhī dào wǒ yǒu duō cōng míng wǒ néng pīn hǎo kuài pīn tú hái huì zuò chéng chú fǎ
他们根本不知道我有多聪明。我能拼好500块拼图，还会做乘除法！

But they think I'm dumb just because I don't know some Chinese words.

dàn shì yīn wéi wǒ jì bù zhù jǐ gè wén zì tā men jiù jué de wǒ shì shǎ guā
但是因为我记不住几个文字，他们就觉得我是傻瓜。

Well, they don't know all the words either! I decide right then and there that something's got to change.

tā men yě rèn bù quán ā wǒ àn àn jué dìng gǎi biàn zì jǐ

他们也认不全啊！我暗暗决定改变自己。

When I get home, I burst through the door and tell Mom everything.

huí jiā hòu wǒ chōng jìn mén bǎ yí qiè dōu gào sù le māmā
回家后，我冲进门把一切都告诉了妈妈。

"Mom, I'm really bad at Chinese! We had a quiz today, and I didn't get any answers right. Everyone laughed at me. I can't take it anymore. Can I please stop going to Chinese school? Pleaaase?!"

māmā wǒ de zhōng wén tài chà le jīn tiān wǒ men cè yàn le
"妈妈，我的中文太差了！今天我们测验了，
wǒ méi dá shàng lái dà jiā dōu xiàohuà wǒ wǒ shòu bu liǎo le wǒ néng
我没答上来。大家都笑话我。我受不了了。我能
bu néng bù qù zhōng wén xué xiào le
不能不去中文学校了？！"

I add an extra-long 'please', hoping it will make her say yes.

wǒ tè yì bǎ bù zì lā cháng xī wàng tā huì tóng yì
我特意把'不'字拉长，希望她会同意。

Mom gives me her signature look again. "Amy, did you know about the quiz beforehand? Didn't Ms. Li remind your class?"

māmā yòu dèng wǒ le ài mǐ nǐ zhī qián zhī dào zhè cì cè yàn ba
妈妈又瞪我了。"艾米，你之前知道这次测验吧？
lǐ lǎo shī zài kè táng shàng méi tí xǐng nǐ men ma
李老师在课堂上没提醒你们吗？"

I don't answer right away, but I finally admit, "Yeah, she did."

wǒ chén mò le yī huì zuì zhōng hái shì chéng rèn tā yǒu jiǎng guò

我沉默了一会，最终还是承认，“她有讲过。”

"It sounds like the problem isn't that you're bad at Chinese—it's that you weren't prepared. Why don't you try harder to study this week and show everyone what you can do?"

wèntí bìngbúshì nǐ bù shàn cháng zhōng wén ér shì nǐ méi zhǔnbèi zhè zhōu

“问题并不是你不擅长中文 - 而是你没准备。这周

nǐ duō xià diǎn gōngfu ràng dàjiā kàn kan nǐ yǒu duō bàng kěyǐ ma

你多下点功夫，让大家看看你有多棒可以吗？”

That isn't what I wanted to hear, but the idea of wiping the smirks off Mark and Ellie's faces sounds pretty sweet.

wǒ bù xiǎng tīng dào zhè yàng de dá àn dàn shì néng fǎn jī mǎ kè hé

我不想听到这样的答案，但是能反击马克和

àilì de jī xiào yě hěn bàng

爱莉的讥笑也很棒。

"What will you give me if I really work hard?" I ask.

rúguǒ wǒ nǔ lì xué xí de huà huì yǒu shén me jiǎng lì ma

“如果我努力学习的话，会有什么奖励吗？”

wǒ wèn dào

我问到。

"How about that doll we saw at the store the other day?"

I look at her with my best 'please-say-yes' face.

gěi wǒ mǎi gè zhī qián zài shāngdiàn lǐ kàndào de nàge wáwá
"给我买个之前在商店里看到的那个娃娃

zěnmeyàng wǒ yòng zuì qiánchéng de yǎnshén kàn zhe tā
怎么样？"我用最"虔诚"的眼神看着她。

"No, Amy. Studying is for you, not for me."

àimǐ bù xíng zhè shì gěi nǐ zì jǐ xué de bú shì wéi wǒ
"艾米，不行。这是给你自己学的，不是为我

xué de
学的。"

"That's not fair! Mark and Ellie get rewards when they do well on their quizzes!" Okay, I might have made that up...

zhēn bùgōng píng mǎkè hé àilì cè yàn chéngjì yōuxiù shí dūhuì
“真不公平！马克和爱莉测验成绩优秀时都会
dédào jiǎnglì āi zhè kěnéng shì wǒ húbiān de
得到奖励！”哎，这可能是我胡编的...

"Every family is different. We don't buy you things just for doing what you're supposed to do."

měigè jiātíng bù yī yàng wǒmen búhuì yīnwéi nǐ zuò le yīnggāi
“每个家庭不一样。我们不会因为你做了应该
zuò de shìqíng ér gěi nǐ mǎi lǐwù
做的事情而给你买礼物。”

But then Mom pauses. She seems to be thinking it over. "OK," she finally says.

rán hòu māmā tíngdùn le xià tā sì hū zài sī kǎo zhè yàng ba
然后妈妈停顿了下。她似乎在思考。“这样吧，”
tā zuì zhōng kāi kǒu le
她最终开口了。

"If you work really hard this week and improve on your next quiz, we can watch one of those big-kids movies, with a giant popcorn. Deal?"

rú guǒ nǐ zhè zhōu nǔ lì xué xí xià cì cè yàn chéng jì hěn hǎo
“如果你这周努力学习，下次测验成绩很好，
wǒ men kě yǐ kàn yī bù dà hái zi cái néng kàn de diàn yǐng hái yǒu
我们可以看一部大孩子才能看的电影，还有
jù xíng bào mǐ huā tǒng zěn me yàng
巨型爆米花桶。怎么样？”

I perk up instantly. "Which movie?"

wǒ mǎ shàng lái jīng shén le nǎ bù diàn yǐng
我马上来精神了。“哪部电影？”

"Dear Princess, the one you've been asking about. It's for kids who are a little older, but I think you'll have earned it."

qīn ài de gōngzhǔ nǐ yìzhí xiǎng kàn de nà bù běnlái
“《亲爱的公主》，你一直想看的那部。本来
zhǐyǒu dà háizi cáinéng kàn dàn wǒ juéde nǐ kě yǐ zuòdào
只有大孩子才能看，但我觉得你可以做到。”

"Deal!" I shout. We shake hands, and I run into my room to grab my Chinese book.

chéngjiāo wǒ dà hǎn dào wǒmen wò le shǒu ránhòu wǒ jiù
"成交！"我大喊道。我们握了手，然后我就
chōng jìn fángjiān xué zhōngwén
冲进房间学中文。

It's time to get to work.

gāi xué xí le
该学习了。

Mission Possible

kě yǐ wánchéng de rèn wu
可以完成的任务

The more I try to focus on my Chinese book, the more mixed up I feel. Why can't I remember anything? Ugh, it's so annoying!

suī rán wǒ nǔ lì jí zhōng jīng lì xué zhōng wén dàn gǎn jué gèng hùn luàn le
虽然我努力集中精力学中文，但感觉更混乱了。
wǒ zěn me shén me dōu jì bù zhù āi yā zhēn shì tài fán rén le
我怎么什么都记不住？哎呀，真是太烦人了！

After a while, I slowly make my way to where Mom is reading. "Mom, I don't wanna watch the big-kids movie anymore." I blurt out.

guò le yì huì er wǒ mànmàn zǒu dào māmā nàbiān māmā
过了一会儿，我慢慢走到妈妈那边。“妈妈，
wǒ bù xiǎng kàn dà háizi diànyǐng le wǒ tuō kǒu ér chū dì shuō
我不想看大孩子电影了。”我脱口而出地说。

She looks up, surprised. "Why did you change your mind?"

tā chī jīng dì tái qǐ tóu nǐ zěn me biàn guà le
她吃惊地抬起头。“你怎么变卦了？”

"I don't think I'm good at Chinese..." I mumble.

wǒ jué de zì jǐ bù shàn chángxué zhōng wén wǒ xiǎo shēng dī yǔ dào
"我觉得自己不擅长学中文..."我小声低语道。

"Amy, you can't know if you're good at something unless you've really tried. Is it too hard studying by yourself?" she asks softly.

àimǐ zhǐ yǒudāng nǐzhēn zhèng jìn lì le cái zhī dào zì jǐ shì bu shì
"艾米，只有当你真正尽力了，才知道自己是不是
shàn cháng zì xué shì bu shì tài nán le tā wēn róu dì wèn dào
擅长。自学是不是太难了？"她温柔地问道。

I just nod. I hate admitting I need help.

wǒ diǎn le diǎn tóu suī rán wǒ bù xiǎng chéng rèn wǒ xū yào bāng zhù
我点了点头。虽然我不想承认我需要帮助。

Mom smiles. "How about we try it together? I used a cool trick when I was learning English.

māmā xiào le wǒ men yì qǐ nǔ lì zěn me yàng wǒ yǐ qián xué

妈妈笑了。“我们一起努力怎么样？我以前学

yīngyǔ shí yòng guò yígè xiǎo miào zhāo

英语时用过一个小妙招。

We'll write down the words, draw silly pictures, and put them up all around the house. How does that sound?"

wǒ men bǎ wén zì xiě xià lái huà chū luàn qī bā zāo de tú huà

我们把文字写下来，画出乱七八糟的图画，

bǎ tā men fàng zài fáng zi lǐ de gègè dì fāng zěn me yàng

把它们放在房子里的各个地方。怎么样？”

The idea seems pretty cool, so I nod eagerly.

zhè ge zhǔ yì tīng qǐ lái hěn kù wǒ gǎn jǐn diǎn tóu

这个主意听起来很酷，我赶紧点头。

We start right away. We write down Chinese words, draw silly pictures, and stick them everywhere: on the fridge, the microwave, even the toilet seat! I have to admit it's pretty fun.

wǒmen mǎshàng kāishǐ xiě xiàwén zì huàtú zhān de dàochù dōushì

我们马上开始。写下文字，画图，粘的到处都是：

bīngxiāng wēibōlú shènzhì mǎtǒng shàng wǒ juéde zhēnshì tài yǒu qù le

冰箱、微波炉、甚至马桶上！我觉得真是太有趣了。

Every time I go to the bathroom, I giggle at the funny drawings and the words for 'pee' and 'poo' on the door.

měi cì wǒ qù xǐ shǒu jiān dū huì duì zhe ménshàng de niào niào hé chòu chòu

每次我去洗手间，都会对着门上的'尿尿'和'臭臭'

tú piàn shǎ xiào

图片傻笑。

Before I know it, I have all the words memorized.

zài xué huì nà xiē zì zhī qián wǒ dōu yǐ jīng jì zhù le

在学会那些字之前，我都已经记住了。

poo 臭臭
pee 尿尿

"Mom, these words are so easy now! Will you quiz me with the flashcards?" I ask just a few days later.

māmā xiànzài zhèxiē wénzì jiù jiǎndān hěn duō le nǐ yòng
“妈妈，现在这些文字就简单很多了！你用
shízì kǎ cè yàn wǒ yí xià ba jǐ tiān hòu wǒ wèn mā mā
识字卡测验我一下吧？”几天后我问妈妈。

"Already?" she sounds surprised.

zhēn de ma tā hěn chī jīng
“真的吗？”她很吃惊。

"Yes! I'm totally ready!"

méi cuò wǒ yǐ jīng zhǔn bèi hǎo le
“没错！我已经准备好了！”

As she shows me each card, I know every word right away.

tā měi ná chū yī zhāng kǎ wǒ mǎ shàng jiù rèn chū lái wén zì
她每拿出一张卡，我马上就认出来文字。

"You got them all right! Amy, you're amazing!" She gives me a high-five.

nǐ dōu dá duì le àimǐ nǐ zhēnbàng tā hé wǒ jī zhǎng qìng zhù
“你都答对了！艾米，你真棒！”她和我击掌庆祝。

"Mom, I'm not just smart, I'm a genius!"

māmā wǒ kě bù jǐn jǐn shì cōngmíng wǒ shì tiāncái
“妈妈，我可不仅仅是聪明，我是天才！”

"Is that so?" Mom laughs, hugs me tight, and kisses my cheek.

shì ma māmā xiào le jǐn jǐn bào zhù wǒ qīn wǒ de liǎn dàn ér
“是吗？”妈妈笑了，紧紧抱住我，亲我的脸蛋儿。

"Amy, I'm so proud of you—not only for learning the words, but for your hard work. That's the best part."

ài mǐ wǒ zhēn wéi nǐ jiāo ào bù jǐn jǐn yīn wéi nǐ xué huì le
"艾米，我真为你骄傲 - 不仅仅因为你学会了
wén zì hái yīn wéi nǐ nǔ lì xué xí zhè cái shì zuì bàng de
文字，还因为你努力学习。这才是最棒的。"

"Okay, okay, okay," I squirm away from her, barely listening.

dāng rán dāng rán dāng rán la wǒ cóng tā shēn biān zǒu kāi jī hū
"当然，当然，当然啦"我从她身边走开，几乎
méi tīng jìn qù
没听进去。

My mind is already racing ahead to Saturday's quiz. I won't let her forget our agreement, though.

wǒ de sī xù yǐ jīng fēi dào le zhōu liù de cè yàn shàng le wǒ bù
我的思绪已经飞到了周六的测验上了。我不
néng ràng tā wàng jì wǒmen de yuē dìng
能让她忘记我们的约定。

"We have a movie to watch if I do well on my quiz this Saturday, right Mom?"

mā mā rúguǒ zhège zhōu liù wǒ de cè yàn chéng jì hěn hǎo
"妈妈，如果这个周六我的测验成绩很好，
wǒ men yào kàn diàn yǐng de duì ba
我们要看电影的，对吧？"

"Okie dokie!" Mom pinches my cheek. I usually don't like that, but this time it's okay.

nà dāngrán lā māmā niē le niē wǒ de liǎndàn píng shí
“那当然啦！”妈妈捏了捏我的脸蛋。平时

wǒ bù xǐ huān tā zhè yàng dàn jīn tiān lì wài
我不喜欢她这样，但今天例外。

Smiling to myself, I think, 'Mark and Ellie, you'd better get ready. Amy the Genius is coming for you!'

wǒ xiào zhe duì zìjǐ shuō mǎkè hé àilì nǐmen zuòhǎo
我笑着对自己说，“马克和爱莉，你们做好

zhǔnbèi ba tiāncái àimǐ yào chāoguò nǐmen le
准备吧。天才艾米要超过你们了！

The Day of the Quiz

cè yàn dàngtiān
测验当天

On Saturday morning, I pop out of bed even before the clock strikes 7:30.

xīng qī liù zǎoshang wǒ zài zhī qián jiù tiào xià le chuáng
星期六早上，我在7:30之前就跳下了床。

It's QUIZ DAY! I jump into my clothes, and dash into the living room where Mom and Dad are preparing breakfast.

jīn tiān yào cè yàn la wǒ fēi kuài dì chuān shàng yī fú chōng jìn kè tīng bà ba mā mā zhèng zài zuò zǎo cān
今天要测验啦！我飞快地穿上衣服，冲进客厅，爸爸妈妈正在做早餐。

"Mom, Dad, can I have breakfast now, please?"

bàba māmā wǒ xiàn zài néng chī zǎo cān le ma
“爸爸妈妈，我现在能吃早餐了吗？”

I'm super-duper ready to head to school and show everyone what I've learned.

wǒ yǐ jīng pò bù jí dài yào qù xuéxiào xiàng měi gè rén zhǎnshì wǒ de xuéxí
我已经迫不及待要去学校，向每个人展示我的学习
chéngguǒ
成果。

"Take it easy; we have plenty of time." Mom sets my place at the table.

biéjí shí jiān hěn chōng zú māmā bāng wǒ bǎ zǎo cān ná dào cān
"别急；时间很充足。"妈妈帮我把早餐拿到餐
zhuōshàng
桌上。

I swallow my breakfast as if I'm competing in a speed-eating contest. In my head, though, I'm reviewing all the words I've practiced.

wǒ lángtūnhǔyàn dì chī wánliǎo zǎocān jiù hǎoxiàng zài cānjiā bǐ shuí chī

我狼吞虎咽地吃完了早餐，就好像在参加比谁吃

dé kuài dàsài tóngshí hái zài nǎohǎi lǐ fùxí xué guò de wénzì

得快大赛。同时还在脑海里复习学过的文字。

I take a last gulp of juice and ready myself for school.

wǒ hē guāng zuì hòu yì kǒu guǒ zhī zhǔn bèi qù xuéxiào

我喝光最后一口果汁，准备去学校。

Backpack? Check! Water bottle? Check!

shūbāo dài le shuǐ hú dài le

书包？带了！水壶？带了！

I feel like such a big kid—100 percent prepared and all set for quiz day! Ha! I'm so good! Okay, not always, but today anyway!

wǒ gǎnjué jiù xiàng yígè dà háizi wéi cè yàn rì zuò hǎo le bǎi fēn

我感觉就像一个大孩子 - 为测验日做好了百分

zhībǎi de zhǔnbèi hā wǒ zhēn bàng hǎo ba bìngbù zǒng shì hěn bàng

之百的准备！哈！我真棒！好吧，并不总是很棒，

dàn jīn tiān jiù shì hěn bàng

但今天就是很棒！

On the way to school with Dad, I daydream about acing the quiz.

zài hé bà ba qù xuéxiào de lù shang wǒ zài xiǎng xiàng kǎo shì de shì qíng

在和爸爸去学校的路上，我在想象考试的事情。

'What will Ms. Li say if I get all the questions right?' I can't help but grin.

rú guǒ wǒ dōu dá duì le lǐ lǎoshī huì shuō shén me ne wǒ rěn bu

‘如果我都答对了，李老师会说什么呢？’我忍不

zhù xiào le

住笑了。

Upon entering the classroom, I find many kids standing around and chatting, as usual.

zài jìn jiào shì shí wǒ kàn dào hěn duō háizi xiàng wǎng cháng yí yàng zhàn
在进教室时，我看到很多孩子像往常一样站
zài nà li liáo tiān
在那里聊天。

I settle into my seat and flip through the flashcards I made with Mom. 'I've totally got this!' I think confidently.

wǒ zǒu dào zuòwèi shàng fān chū gēn māmā yìqǐ zuò de shízì kǎ
我走到座位上，翻出跟妈妈一起做的识字卡。
wǒ dūhuì le wǒ zìxìn dì xiǎng
‘我都会了！’我自信地想。

Mark glances at my flashcards. "Hey, Amy, are you getting ready for college or something?"

mǎkè kàn le yǎn wǒ de shí zì kǎ hēi àimǐ nǐ yào qù dà xué
马克看了眼我的识字卡。“嘿，艾米，你要去大学
hái shì zěnmeyàng
还是怎么样？”

His teasing doesn't bother me—I know he'll soon witness Amy the Genius in action.

tā de cháoxiào duì wǒ kě méi yòng wǒ zhī dào tā jí jiāng jiàn zhèng tiāncái
他的嘲笑对我可没用 - 我知道他即将见证天才
àimǐ de dànshēng
艾米的诞生。

"Just you wait; I'm going to get all the answers right today!"

It's my turn to smirk at him.

nǐ kàn zhe ba　wǒ jīntiān huì quán duì de　gāi wǒ cháoxiào tā le

“你看着吧；我今天会全对的！”该我嘲笑他了。

"Hi, everyone! Today we're having another quiz."

dà jiā hǎo jīn tiān wǒ men zài cì cè yàn

"大家好！今天我们再次测验。"

Ms. Li surveys the room. "Is everyone prepared? Okay, who wants to go first?"

lǐ lǎoshī duì zhe quán bān tóng xué shuō dà jiā fù xí le ma nà me

李老师对着全班同学说。"大家复习了吗？那么，

shuí yào dì yīgè huí dá

谁要第一个回答？"

"I do!" My hand shoots up eagerly.

wǒ wǒ pò bù jí dài dì jǔ qǐ shǒu

"我！"我迫不及待地举起手。

She smiles. "Alright, Amy, you're up. Can you read the first line for us?"

tā xiào le xiào hǎo de ài mǐ nǐ lái huí dá nǐ néng wéi wǒmen

她笑了笑。"好的，艾米，你来回答。你能为我们

dú dì yī háng ma

读第一行吗？"

I read each word in Chinese perfectly and am about to continue when Ms. Li stops me to give someone else a chance.

wǒ wánměi dì dú chū le měi yígè wénzì wǒ hái xiǎng jìxù ne
我完美地读出了每一个文字，我还想继续呢，
dànshì lǐ lǎoshī ràng wǒ tíngxià gěi qí tā rén yígè jīhuì
但是李老师让我停下，给其他人一个机会。

If she hadn't stopped me, I would've read the whole thing by myself.

rúguǒ tā méi ràng wǒ tíng xià wǒ kěn dìng jiù quán dú wán liǎo
如果她没让我停下，我肯定就全读完了。

Mark, Ellie, and even Ms. Li's eyes get really wide.

mǎkè ài lì shènzhì shì lǐ lǎoshī de yǎnjīng dōu dèng dà le
马克、爱莉，甚至是李老师的眼睛都瞪大了。

Inside, I do cartwheels—Did you see that? I am Amy the Genius!

wǒ de xīnli lè kāi le huā kàndào le ba wǒ shì tiāncái ài mǐ
我的心里乐开了花 - 看到了吧？我是天才艾米！

When I get home, I burst through the door triumphantly.

"Mom, it's movie time!"

huí dào jiā hòu wǒ jiāo ào dì chōng jìn mén
回到家后，我骄傲地冲进门。

māmā diàn yǐng shí jiān dào
“妈妈，电影时间到！”

I can smell the delicious scent of buttery popcorn in the air.

wǒ wén dào le kōng qì zhōng de bào mǐ huā nǎi yóu xiāng wèi
我闻到了空气中的爆米花奶油香味。

"Your popcorn is ready, madam." Mom has prepared a big bowl of popcorn, as promised.

nǚshì nǐ de bàomǐhuā zuòhǎo le māmā zhǔnbèi le
“女士，你的爆米花做好了。”妈妈准备了
yī dà wǎn bàomǐhuā tā shuōdàozuòdào
一大碗爆米花，她说到做到。

Dad, Mom, and I snuggle into the sofa.

bàba māmā hái yǒu wǒ yì qǐ zuò zài shā fā shàng
爸爸，妈妈还有我，一起坐在沙发上。

"How was the quiz today? Did you get them all?" Mom asks.

jīntiān cèshì zěnmeyàng nǐ dōu dá duì le ma māmā wèn wǒ
“今天测验怎么样？你都答对了吗？”妈妈问我。

"Of course!" I grin. "I am Amy the Genius!"

dāng rán lā wǒ xiào qǐ lái wǒ kě shì tiān cái àimǐ
“当然啦！”我笑起来。“我可是天才艾米！”

Mom and Dad chuckle and start to ask more questions, but I hold up a hand. I'm too excited to dive into the big-kid movie world.

bàba māmā gēgē xiào gè bùtíng yòu wèn le hěnduō wèntí dàn wǒ ràng tā men bié wèn le yīnwéi wǒ pòbùjídài yào kàn dà háizi diànyǐng le
爸爸妈妈咯咯笑个不停，又问了很多问题，但我让他们别问了。因为我迫不及待要看大孩子电影了。

However, Mom manages to squeeze in one last question.

bú guò māmā hái shì wèn le zuì hòu yígè wèntí
不过，妈妈还是问了最后一个问题。

"So, do you like Chinese school now? No more complaints about going, right?"

xiànzài nǐ xǐhuan qù zhōngwén xuéxiào le ma bú zài bào yuàn le ba
“现在，你喜欢去中文学校了吗？不再抱怨了吧？”

I smile at her and toss a piece of popcorn in my mouth.

wǒ chōng tā xiào le wǎng zuǐ lǐ sāi le yī kē bào mǐ huā

我冲她笑了，往嘴里塞了一颗爆米花。

"Yeah," I say. "For now!"

nà dāng rán wǒ shuō xiàn zài hěn xǐ huan

“那当然，”我说。“现在很喜欢。”

Discussion Questions

LET'S TALK ABOUT AMY'S STORY!

Wow, you finished Amy's story! Now, let's think and talk about how you feel about Amy's adventure. Are you ready?

Question 1: Amy is Chinese and Canadian, and she feels more Canadian. Have you also felt two things at the same time?

Question 2: Amy's mom and dad really wanted her to learn Chinese. Why do you think learning about where we come from is important?

Question 3: Amy thought about quitting learning Chinese because it was hard. Do you think it's okay to stop doing something because it's hard? Why?

Question 4: What made Amy try harder to learn Chinese? What helps you keep trying when something is difficult?

Question 5: At the end, Amy calls herself a 'genius.' Is there anything that makes you feel really smart or proud of yourself?

Question 6: If you were Amy, would you do anything differently? What would you do?

Remember, there are no right or wrong answers, only your amazing thoughts and ideas! You can think about these questions later again and change your answers!

WRITE YOUR OWN STORIES!

Now, it's your turn to create your own stories. Grab your pencil and let's turn your ideas into awesome stories. Don't worry if it's not perfect - the most fun part is using your imagination!

Prompt 1. What are the things that make you special? Maybe it's where your family comes from, a holiday you love, or your favorite yummy food. Draw a picture or write a story about these special things.

Prompt 2. Do you have something special that you're really good at or enjoy a lot? Write a story about telling this to your best friend. Why do you think it's so fun?

- **Prepared**: Being ready for something, like when you pack your bag for school.

- **Negotiable**: Something you can talk about and change, like deciding what game to play with your friends.

- **Threaten**: To say you will do something bad if someone doesn't do what you want, like saying "no dessert" if you don't eat your veggies.

- **Giggle**: A light, happy laugh, like when something is a little bit funny.

- **Unforgivable**: Something so bad it's hard to say "it's okay," like if someone breaks your favorite toy and doesn't say sorry.

- **Embarrassed**: Feeling shy or awkward, like when you trip and everyone looks at you.
- **Multiplication**: A math way of adding the same number many times, like 2x3 is like adding 2+2+2.
- **Division**: A math way of sharing things equally, like splitting 10 cookies between 2 friends so each gets 5.
- **Quiz**: A short test at school to see what you know, like a few questions about a book you read.
- **Memorize**: To remember something really well, like knowing all the words to your favorite song.
- **Focus**: Paying close attention to something, like watching a bird through a window without looking away.
- **Proud**: Feeling really good about something you did, like when you draw a picture and everyone loves it.

ABOUT THE AUTHOR

Yeonsil Yoo is a children's author and the proud mother of a multicultural child, Yoona, who is Korean, Chinese, American, and Canadian.

As a mother and entrepreneur, Yeonsil loves to teach her daughter not only about her Asian roots but also vital real-world lessons, particularly in growth mindset, empathy, and tenacity. All of her books aim to share important messages in life with her daughter and other curious young minds. If you'd like to receive her next latest ebook for FREE, please sign up as a beta reader at upflybooks.com.

EXPLORE MORE BOOKS BY THE AUTHOR

🛒 **Now Available on Amazon!**

Bilingual Chinese-English Picture Book
AGES 3-7

Children's Biography Book
AGES 3-7

Children's Asian History Book
AGES 5+

Hope you and your little one enjoyed our story!
If so, could you spare a moment to rate the book or share your thoughts on Amazon?

Even a quick one-click rating would mean the world to me. It helps me continue creating more educational and fun stories for awesome kids like yours.

Warm regards,
Yeonsil

P.S. Don't forget your free coloring + writing book:
upflybooks.com/free

Made in the USA
Coppell, TX
26 November 2024